SCHNAPPATMUNG

Andreas Degkwitz

SCHNAPPATMUNG

PROLOG

Gern lassen wir uns von Technik begleiten, die uns für unterschiedliche Ziele und Zwecke zur Verfügung steht und der wir vertrauen. Ohne Vertrauen können wir nicht mit Technik leben. Würden wir das Vertrauen auf Technik verlieren, lebten wir in einer anderen Welt oder würden in eine Welt geraten, die uns weitgehend fremd ist. Allerdings ist uns auch Technik oft fremd. Häufig wissen wir nichts über ihr Funktionieren und erst recht können wir Technik, ohne sie zu verstehen, weder beeinflussen noch verändern, sondern laufen Gefahr, sie zu beschädigen oder sogar zu zerstören. Mit Technik leben wir in einer Partnerschaft, ließe sich sagen, die uns große Vorteile, aber auch Abhängigkeiten schafft, die im Fall des Verlustes von Technik sehr schmerzhaft sein können. Diese Erfahrung macht Herrmann, der sein Auto braucht und für sein Auto ein Navigationsgerät, das ihn verlässlich von einem zum andern Ort führt. Doch wenn ihn sein Navi in die Irre führt, verliert er die Orientierung, die er wegen der Nutzung des Navis selbst gar nicht mehr hat und ist einer Welt ausgesetzt, in der er sich nicht mehr zurechtfindet, sich aber auch nicht mehr wiedererkennt.

SCHNAPPATMUNG

Herbert und Herrmann waren mit ihren Anfang Sechzig ältere Herren, die noch beruflich tätig waren, doch ihren Ruhestand bald erwarteten; sie lebten in einer Großstadt – weit auseinander: Herbert wohnte ganz im Osten, Herrmann ganz im Westen. Herrmann hatte eine Hausarztpraxis, die er nach Abschluss seiner Assistenzzeit zunächst gemeinsam mit seinem Vorgänger betrieben und nach dessen Pensionierung allein übernommen hatte. Die Praxis befand sich in dem Vorort, in dem er mit seiner Frau Helga ein schönes Einfamilienhaus bewohnte, ohne dass sie Eltern von Kindern waren. Herrmann war groß, hatte ein sympathisches rundes Gesicht und eine Stimme, die beruhigen konnte und Vertrauen weckte. Schon deshalb schätzten ihn seine Patienten, die sich stets gut von ihm behandelt fühlten und meist schnell gesundeten. Denn gesundheitliche Nöte erkannte Herrmann rasch und, wenn er sich zu einer Therapie in der Lage sah, stand ihm stets das richtige Rezept für eine Gesundung zur Verfügung. Kein Wunder, dass Herrmann in seinem Vorort sehr beliebt war und rundherum geradezu heilsam wirkte. Helga, seine Frau, war etwa so alt wie er und von Beruf Notarin, die ihre Praxis in der Innenstadt hatte. Da sie diese Profession schon lange ausübte, hatte sie gute Beziehungen in die Stadt und war als Expertin für notarielle Fragen sehr anerkannt. So gab es kaum Grundstücke oder Immobilien in der Stadt, deren Kauf oder Übernahme Helga im Laufe ihrer beruflichen Tätigkeit noch nicht beglaubigt hatte. Doch nicht nur als Notarin, sondern auch als Person machte sie großen Eindruck. Hübsch war sie nicht, aber attraktiv, was vielen sogar lieber war, und hielt mit ihrer Meinung, wozu auch immer sie eine hatte, nur selten zurück - beliebt machte sie sich damit allerdings nicht. Herrmann, der viel vorsichtiger war als sie, wusste, was er an Helga hatte, und war ihr nach später Heirat stets treu geblieben. Kinder hatten Helga und Hermann keine. Das war ein Schmerz, hätten sie doch gern Kinder um sich herumgehabt. Doch es kam anders. Sie waren immer sehr ausgeprägt mit ihren Berufen befasst – nichts Anderes gab es für sie. Jetzt gingen die beiden aufgrund ihres Alters auf ruhigere Zeiten zu.

Herbert hatte einen Handwerksbetrieb für Heizungs- und Klimatechnik, mit dem er äußerst erfolgreich war. Nicht nur als Experte auf seinem Gebiet war er in der Stadt bekannt, sondern auch als gewiefter Geschäftsmann mit drei Filialen in der Stadt – das konnte sich sehen lassen.

Kleinwüchsig war Herbert und kräftig, hatte als Schüler auf einem Bolzplatz hart, aber meistens fair – als Verteidiger, der auch Tore schoss – leidenschaftlich Fußball gespielt. Immer wach und schlau, erkannte er seine Chancen nicht nur auf dem Fußballplatz, sondern auch später als Meister seines Fachs in seinem Betrieb. Vier echte Kerle gebar ihm seine Frau Jadwiga und zum Abschluss Zwillingsschwestern, die mit fünfzehn Jahren unvergleichlich schön und zugleich zum Verwechseln ähnlich waren. Dabei zählten Jadwiga und Herbert nicht zu den Eltern, bei denen niemand etwas Anderes annahm, als dass ihre Töchter schön waren. Mit den Jungen war es anders; das waren stramme Kerle, aber von ihrem Äußeren her keine *Beaus*. Jadwiga – fünf Jahre jünger als Herbert, nicht groß, gedrungen und etwas vierschrötig – war nicht berufstätig, aber mit sechs Kindern voll beschäftigt; sie hatte einen Mann, der seine Familie über alles liebte, aber im Haushalt nichts in die Hand nahm. Ohne Jadwiga ging dort nichts, die auch eine hervorragende Köchin war. Herbert wusste das sehr zu schätzen, sagte ihr das aber nicht, noch dankte er ihr dafür. Seine Auftragslage verbesserte sich Jahr für Jahr – er wurde wohlhabend. Mit seinem Einkommen übertraf er Herrmann, Helga allerdings nicht. Herrmann mochte Jadwiga, die ein Herz für vieles hatte; Helga kannte das nicht. Jadwiga flirtete manchmal mit ihm, aber auch umgekehrt hielt

Herrmann sich nicht zurück. Die beiden hatten dabei ihren Spaß; um etwas Ernstes ging es nicht. Herrmann und Herbert hatten sich über Jadwiga kennengelernt.

„Lass mich am Leben", hatte sie ihn angeschrien, als Herrmann sie vor dreißig Jahren auf einem Zebrastreifen über den Boulevard in der Innenstadt angerempelt hatte, „ich bin hier mit zwei kleinen Jungs an der Hand unterwegs und zwei im Kinderwagen, die nochmals jünger sind. Da rennst du blinder Sesselfurzer mich um. Geht's noch, Alter? Jetzt bist du mir etwas schuldig."

Herrmann war mitten auf der Straße stehen geblieben und hatte Jadwiga erschrocken angesehen.

„Träumst du, Alter?", hatte sie ihm zugerufen, „was stehst du hier rum?"

„Jadwiga!", sprach eine Männerstimme unüberhörbar, während auf beiden Seiten des Zebrastreifens ein Hubkonzert tönte, „was machst du da?"

Dann kam ein jüngerer Mann auf sie zu gerannt, hatte sie mit der einen Hand am Arm gepackt und mit der anderen Hand den Kinderwagen vom Zebrastreifen gezogen: Das war Herbert. Herrmann eilte mit den kleinen

Jungen links und rechts an der Hand auf den Bürgersteig.

„Vielen Dank!", hatte Herbert gesagt, als er Herrmann die Jungen abnahm, „ist alles O.K. mit Ihnen?"

Verlegen hatte Herrmann gesagt, „Entschuldigen Sie – das war mein Fehler. Darf ich Ihnen und Ihrer Frau ein Eis spendieren?"

„Ja", sagte Herbert, „gern, und du, Jadwiga?"

Sie nickte und lächelte Herrmann an. Eine Eisdiele befand sich in unmittelbarer Nähe des Zebrastreifens. Dorthin waren sie gegangen. Herrmann besorgte für Jadwiga, Herbert, die beiden Jungen wie auch für sich leckere Eisportionen in Waffeln. Auf eine Bank hatten sie sich gesetzt, in der Sonne das Eis geschleckt und mit ein paar witzigen Bemerkungen über die Situation, die auf dem Zebrastreifen entstanden war, sehr angenehm und freundlich zusammengefunden.

„Wollen Sie uns einmal besuchen?", hatte Herbert gefragt, „dann zeige ich Ihnen meinen Handwerksbetrieb."

Herrmann hatte dem gern zugesagt, und sie hatten eine Verabredung getroffen, die der Anfang einer langen und sehr bereichernden Freundschaft war und vor allem zwischen Herbert und Herrnmann entstand. Helga und Jadwiga waren

nicht ausgeschlossen, aber nur selten bei den
Treffen der beiden Männer dabei, die sie seither
jedes Jahr mehrfach hatten. Oft waren es gute
Lokale, in denen sie sich zum Abendessen trafen,
gelegentlich auch zum Mittag. Hin und wieder
trafen sich die beiden Paare auch jeweils zu Hause
– allerdings eher bei Herbert als bei Herrmann,
um seine vielen Kinder nicht allein zu Hause zu
lassen. Dort freuten sie sich, wenn Jadwiga ein
Abendessen zubereitete, was ihr stets bestens
gelang. Trafen sie sich bei Herrmann, wurde ein
Lieferdienst mit vorzüglichen Speisen geordert.
Der Wein, den Herrmann aufbot, war besser als
der von Herbert, der Bier bevorzugte, doch
leckeren Wein nicht verschmähte. Weinflaschen
konnte Herrmann auch zu Herbert mitbringen; er
fuhr lieber zu seinem Freund im Osten der Stadt
als umgekehrt der in den Westen.

Hatten Herbert und Herrmann ein spektakuläres
Leben – ein Leben, dass sie sich Tag für Tag
erobern und neu gewinnen mussten, ein Leben,
das sie mehr überraschte, als dass es einen
unaufgeregten, aber erfolgsorientierten Verlauf
annahm, ein Leben, das keinerlei Kontinuität
kannte und sie immer wieder vor neue
Herausforderungen stellte? Nein, das passierte in
ihrem Leben nicht, zumal ihnen an Hektik und
Unruhe nicht lag. Aber was machte ihr Leben

stattdessen aus? Was bewegte sie und welchen Einflüssen waren sie ausgesetzt?

In den 60er Jahren des 20. Jahrhunderts geboren, hatten sie ein Leben, das deutlich weniger Alltagsprobleme umfasste als das alltägliche Leben der Menschen früherer Generationen. Zu Recht wurde in dieser Zeit als großes Glück empfunden, dass in den Breiten, in denen die beiden geboren wurden und aufwuchsen, Armut, Hunger, Epidemien, Krieg als bewältigte Herausforderungen galten und deshalb der Vergangenheit angehörten. Nicht, dass es keine Probleme mehr gäbe – die gab es. Doch mit der weltweiten Zunahme wissenschaftlicher Erkenntnisse und einem kontinuierlichen Anstieg neuer, beeindruckender Forschungsergebnisse, die vor allem auf den Gebieten der Medizin, des Ingenieurwesens und der Naturwissenschaften zu bemerkenswerten Errungenschaften und Aufsehen erregenden Fortschritten führten, standen dem Alltag ungleich mehr Lösungen für Probleme und Schwierigkeiten zur Verfügung als in den vorausgehenden Jahrzehnten. Die neu gewonnene Sorglosigkeit, die in der weiteren Folge für das Leben der 70er und 80er Jahre charakteristisch war, setzte auskömmlichen Gelderwerb, hinreichend Bildung und sozialen Zusammenhalt voraus. Doch damit nicht genug: Dazu gehörten weiterhin erfolgreiche Forschung, florierende Wirtschaft, Zugang zu Rohstoffen und insgesamt Infrastrukturen, die die Versorgung mit Ernährung und Energie sicherstellten, die für Gesundheit, für den sozialen Ausgleich und für Straße und Schiene sorgten, die Schulen, berufliche Weiterbildung und wissenschaftliche Forschung boten sowie eine Kultur, die mit diesen Ansprüchen und Voraussetzungen Aufstieg und Wohlstand für alle versprach und bemüht war, alle an diesen Entwicklungen teilhaben zu lassen. Anders gesagt, waren Freiheiten und Spielräume, die die Generation von Herbert und Herrmann ausmachten, eingebettet in Strukturen, deren Grundlagen wesentlich auf Technik beruhten, wie es sich für die folgenden Generationen vor allem mit der Informationstechnik weiter fortgesetzt hat.

Dabei verstand sich von selbst, dass für Erhalt und Weiterentwicklung dieser Infrastrukturen Technik als unerlässliche Notwendigkeit akzeptiert und verstanden werden musste. Technik zu akzeptieren und in einem weiten und umfassenden Sinne mitzutragen und zu verstehen, ermöglichten Herbert und Herrmann ihre Lebensform, die sich übrigens für die Generationen, die ihnen folgten, auch als leitend erwies. Das hatte zur Folge, sich in technische Strukturen einzufügen und vom Stand der Technik

Tag für Tag stärker abhängig zu werden: Das fällt zunächst nicht schwer. Denn Technik verspricht, uns das Leben zu erleichtern, was schon immer Anreiz und Motivation für ihren Einsatz war. Umso mehr wir uns mit Technik ausstatten, desto mehr lassen wir uns auf Technik ein und verbinden uns allem Anschein nach immer mehr mit ihr. Aufregend und spektakulär können wir unter solchen Bedingungen allerdings nur selten ein Leben verbringen. Denn damit sich ihre Entwicklung und ihr Einsatz lohnen, zielt Technik stets auf eine breite und massenhafte Nutzung aller, die dazu bereit und in der Lage sind. Gewollt oder ungewollt, entwickeln wir uns auf diese Weise zu verkappten Ingenieuren, die fest daran glauben, mit Technik stets in guter Gesellschaft zu sein und von Technik zu profitieren, ohne weiter darüber nachzudenken, ob das tatsächlich zutrifft und was uns der Einsatz von Technik kostet.

Die fortschreitende Informationstechnik mag noch eindrücklicher zeigen, wie nahe uns Technik im alltäglichen Leben rücken kann. Das erstaunt oder überrascht uns deshalb nicht, da Informationstechnik unser Bedürfnis, sich mitzuteilen, in willkommener Weise unterstützen und nur eingeschränkt verfügbares Wissen in überwältigendem Umfang erweitern kann. Hinzu kommt, dass sich der Umgang mit Informationstechnik allem Anschein nach am

Einzelnen orientiert und die Illusion von etwas Eigenem weckt, das wir nicht missen möchten.

Welche Technik existiert, die mehr auf uns eingehen kann? Welche Technik ist in der Lage uns mehr zu vereinnahmen? Für jedes Problem Lösungen vorschlagen, auf alle Fragen Antworten geben zu können, welche Technik versteht dies besser als Informationstechnik? Den Erwartungen an eine Technik, die jede und jeden reden lässt, stets noch mehr als alle anderen weiß und nicht zuletzt immer und überall gegenwärtig ist, wird keine besser und umfassender gerecht als die *IT*.

Aber was ist dafür der Preis? Wo lassen sich Grenzen erkennen? Solche und weitere Fragen warf Herrmann auf und fragte Herbert, ob er sich von Technik beeinträchtigt sehe. Zu diesem Zeitpunkt in den 90er Jahren nahm die Verschmutzung von Klima und Umwelt dramatisch zu. Zugleich kam rasch die Informationstechnik mit dem Thema „Digitalisierung" auf den Einzelnen wie auf die Gesellschaft zu.

„Siehst du Technik nicht als Bedrohung?" fragte er.

„Warum sollte ich das?", gab Herbert zur Antwort, „das verstehe ich nicht."

„Die Umweltverschmutzung ängstigt mich. Wo soll das hinführen?" fragte Herrmann, „ist dir das egal?"

„Das nicht", sagte Herbert, „aber was kann ich ändern, was kann ich machen?"

„Wir werden auf Technik, die unsere Umwelt schädigt, verzichten müssen und nicht so weitermachen können wie jetzt."

„Das wird nichts, Herrmann. Wie soll es ohne Technik oder mit weniger Technik weitergehen? Vielleicht ist manches Wenige dann noch möglich, aber das meiste fällt weg oder bricht zusammen."

„Wir dürfen von Technik nicht weiter abhängig werden und werden es dennoch täglich mehr. Den rasenden Zug wieder anzuhalten, wird ein schwieriges Unterfangen…"

„… warum den rasenden Zug stoppen?", unterbrach ihn Herbert, „gibt es keine Alternativen?"

„Wo bleibt unser Leben, wenn es nur darum geht, technisch bestens zu funktionieren und uns so gut wie alles von Technik vorgeben zu lassen?", wandte Hermann ein.

„Die Sorge habe ich nicht"; erwiderte Herbert, „dafür habe ich meinen Schrebergarten."

„Sind Schrebergärten so unzivilisiert? Das wusste ich nicht – ich habe keinen.“

„Wieso unzivilisiert? Das sind doch nette Menschen, die sich mit ihrer Hütte und ihrem Garten etwas Gutes tun.“

„Als Ausgleich zu deinem Beruf sollte der Schrebergärten doch möglichst technikfrei sein – insofern nicht zivilisiert …“

„… aber kultiviert“, ergänzte Herbert mit einem Schmunzeln, „ist dir das lieber?“

„In weitgehender Unkenntnis, was einen Schrebergarten ausmacht, halte ich mich mit weiteren Äußerungen zurück. Nach allem, was ich weiß, wäre ein Schrebergarten sicher kein Ausgleich für mich.“

„Im Schrebergarten bin ich am Wochenende oder an freien Tagen. Ist das kein Ausgleich?“

„Ein Ausgleich zum Alltag, aber keiner zur Technik.“

„Auf jeden Fall weniger Technik – aber noch nicht genug?“

„Du lebst von Technik, Herbert. Kein Wunder, dass du für Technik einstehst.“

„Wo sollte ich mich denn distanzieren? Hast du das Problem in deiner Praxis nicht?“

„Nein, meine Praxis ist nicht so abhängig von Technik wie dein Handwerksbetrieb. Aber ich will dich nicht mit Klima- und Umweltschutz nerven. Gesellschaftlich wie auch für jeden Einzelnen ist es, einfach gesagt, folgender Punkt, der mich schmerzt: *Technik ist immer die Lösung. Ohne Technik läuft nichts.*"

„Willst du mir damit sagen, dass immer nur eine technische Lösung im Mittelpunkt steht?"

„In der Tat wird Technik zunehmend allein für Problemlösungen eingesetzt – das ist ein Skandal für mich! Als ob es nichts Anderes und nichts Besseres gäbe als Technik."

„Wenn Technik die beste Lösung ist … wo ist dein Problem?"

„Wenn jede Lösung immer nur Technik ist – das ist mein Problem …"

„… sofern Technik nicht die einzige und die beste Lösung ist", ergänzte Herbert, „dann sind wir uns einig."

„Technisch schon", erwiderte Herrmann, „aber du weißt ja, wie lange Schrauben halten, wenn sie nicht angezogen sind."

„Wie wird das denn mit der IT?", fragte Herbert, den das Thema zu interessieren begann.

„Was glaubst du denn, was da passiert?", wollte Herrmann wissen.

„Ich habe zwei Azubis, die ständig am Handy sind … es ist nicht zu fassen. Ich schmeiße die beiden noch raus.“

„Das trifft sich gut“, äußerte Herrmann, „ich hatte auch zwei solche Azubis, bis mir es zu viel geworden ist.“

„Ich kann mir schon vorstellen, was du befürchtest.“

„Jetzt steckt jede Lösung in den hinteren Hosentaschen oder in deinem Jackett …“

„Zu Ergebnissen kommt es meistens nicht …“

„Gibt es für die vielen Lösungen mittlerweile zu wenig Hirn? Oder gibt's zu viel *fake*?

„Für mich steht fest: Weiter bringt dich dein Handy oder dein Laptop nicht. Das habe ich oft genug erlebt. An dieser Stelle teile ich deine Skepsis.“

„Meine Sorge ist“, erklärte Herrmann, „dass wir irgendwann nur noch Maschinen beschäftigen, da wir glauben, dass Maschinen effizienter arbeiten als wir. Dann übergeben wir unsere Kompetenzen zur Programmierung an die Maschinen, die unsere Arbeiten übernehmen und zufriedenstellend erledigen sollen. Wir hingegen vergessen, was wir einmal gewusst haben, und stehen nach einiger Zeit im wahrsten Sinne des Wortes *blöd* da. Denn möglicherweise können am

Ende des Tages nur noch Rentner lesen, schreiben und rechnen, da sie es in der Schule gelernt haben und nicht wie heute Jugendliche und Kinder durch Zufall beim Daddeln an Handy und Laptop."

„Da kann ich Dir nur zustimmen", bestärkte ihn Herbert, „das fürchte ich auch."

Auf den vielen Begegnungen während der langen Jahre hatten sich die Beiden immer was zu erzählen. Ob es Familie, ihre Berufe, Gesundheit, Politik in Stadt und Land, alltäglicher Ärger, Urlaub, Kinder, Haus, Garten, Auto, Verwandtschaft oder was auch immer war, die Gesprächsthemen gingen ihnen nicht aus, erschöpften sich nicht aufgrund wiederholter Erörterungen und brachten sie wieder und wieder zusammen: Sich frei unter Freunden auszusprechen, war ihnen viel wichtiger als die konkreten Themen, um die es ging. Gedanken, Gefühle, Geschichten, Meinungen, Überzeugungen auszutauschen und preiszugeben, stand im Mittelpunkt ihrer Gespräche und Treffen. Dass Herrmann und Herbert über die vielen Jahre stets Gehör füreinander fanden, erschien ihnen als ein Wunder und als ein unbegreifliches Glück. Nicht überraschend war, dass sie ihren Treffen immer mit Freude entgegensahen und sie in jeder Hinsicht genossen.

Auffällig war dennoch, dass die Beiden trotz des Zufalls ihrer Begegnung sich niemals zerstritten hatten, obwohl es genügend Reibungspunkt für konträre Erörterungen gab. Es kam nie zum Streit – bei keinem der vielen Themen, über die sie sich auseinandersetzten und die für Streit genug Gelegenheit boten. Als Grund für dieses beachtliche Einvernehmen ließ sich vermuten, dass Herbert und Herrmann trotz unterschiedlicher Lebenswege ein durchaus verwandtes Lebensmodell hinsichtlich ihrer Erfolge, Leistungen, Partnerschaften und Werte verfolgten. Sie waren ehrlich, fleißig, strebsam und umsichtig, was die Ausübung ihrer Berufe betraf, ihre Ehepartnerinnen schätzten sie, ohne ihnen ausdrücklich dafür zu danken, und blieben ihnen treu, ihren Lebensstil prägten Freundschaft, Geselligkeit, Freude an gutem Essen, Maß im Genuss und Verantwortung. Nicht, dass die Tugenden ihrer Generation im Einzelnen oder zusammen etwas Außergewöhnliches wären, vielmehr erstaunlich war, dass sie Herberts und Herrmanns Freundschaft die Grundlage gaben, auf die sie zur Vergewisserung ihrer selbst immer wieder zurückkamen. Von dieser Verbindung, die keine Verletzung erfuhr, wurde ihr Einvernehmen getragen, ohne dass deshalb Scherze, Späße und Streiche unter- und miteinander zu kurz gekommen wären. Zugleich blieben die Beiden ihrer Generation treu und in deren Welt verankert.

Wäre einem von beiden daran gelegen gewesen, diese Verankerung aufzulösen, hätte das zum Ende ihrer Freundschaft geführt. Das wollte keiner von beiden. Vor allem aber hätten weder Herbert noch Herrmann gewusst, wohin sie sich hätten verändern sollen, um tatsächlich mit ihrer Tradition zu brechen. So blieben sie in der Heimat ihres Lebensmodells, das ihnen keinesfalls langweilig wurde und ihnen zugleich Überraschungen bot, mit denen sie niemals gerechnet hatten.

„Was war das größte Abenteuer, das du zuletzt erlebt hast?", wollte Herbert von Herrmann bei der Zusammenkunft vor einer einjährigen Pause wissen, in der er schwer erkrankt darniederlag; davon wusste Herbert bei dieser Zusammenkunft aber noch nicht.

„Sprichst du von Liebesabenteuern oder von Abenteuern auf Reisen oder im Urlaub?", fragte Herrmann nach.

„Weniger solche", gab Herbert zurück, „mich interessieren Abenteuer im Alltag. Als Arzt hast du doch sicher Abenteuer mit Patienten erlebt."

„Was sind Abenteuer?", grübelte Herrmann leise, „manchmal empfinde ich, eine stark befahrene Straße bei Regen und Schnee und defekter Fußgängerampel zu überqueren, als Abenteuer. So etwas fordert heraus …"

„… hat aber als Überraschung oder unvorhergesehenes Ereignis wenig zu bieten", erwiderte Herbert. „hattest du nicht Patienten, die plötzlich von einem auf den anderen Tag geheilt waren oder gestorben sind?"

„Da hatte ich sicher zahlreiche Überraschungen, aber Abenteuer erlebten dabei vermutlich eher die Patienten. Ein Abenteuer hatte ich, das fällt mir jetzt ein, vor drei Jahren, als sich Helga an einem Wochenende in ihrem Bürogebäude eingeschlossen hatte und ich sie über den Keller des Hauses befreien musste. Sie hatte alle ihre Schlüssel im Büro liegen lassen, als sie nach Hause gehen wollte, konnte aber die Gebäudetür nicht entriegeln und kam nicht wieder in ihr Büro. Nach allerhand Irrwegen und Sackgassen ist mir das schließlich gelungen. Zeitweise war ich mir nicht sicher, ob ich mich in meinem Befreiungseifer nicht mehr verirrte und gegen Wände lief, als Helga aus ihrer Not zu helfen. Nach zwei Stunden verließen wir erleichtert das Haus; ich hatte ihr den zweiten Büroschlüssel, wie gesagt, über den Keller gebracht; dort stand ein Fenster halb offen, das mir den Zugang bot. Hast du Vergleichbares erlebt?"

„Vergleichbar, da es ein Abenteuer war – sonst nicht. Mit einem Kollegen hatte ich vor zwei Jahren eine Solaranlage auf einem etwas zu steilem Dach montiert. Das Risiko war mir bewusst. Doch die teure Alternative wäre der komplette Neubau des Daches gewesen. Der Besitzer des Hauses hätte das nicht bezahlen können. Mit einer Befestigung der Anlage, die doppelt gesichert und damit solider als üblich befestigt war, glaubte ich das Risiko eines Absturzes der Anlage zu verhindern. Doch als wir die Hälfte der Solarelemente verlegt hatten, geriet die, wie ich glaubte, sichere Konstruktion ins Rutschen. Die Halterung der Rahmen hatte sich wider Erwarten bei drei Elementen gelöst. Mein Kollege versuchte, die Komponenten zu halten, doch das erforderte zu viel Kraft. Um sich ein wenig zu entlasten, hielt er die sich lösenden Halterungen fest – dies stabilisierte die Komponenten. Doch ob er dafür über hinreichend Kraft verfügte, bis die Feuerwehr mit einer großen Leiter kam, war fraglich. Ihn mit einem Seil, das ich ihm zuwarf, von den Solarelementen wegzuziehen, hätte absehbar dazu geführt, dass es uns beide vom Dach gerissen hätte. Ein Beitrag zu seiner Rettung wäre das sicher nicht gewesen. Da kam der Hausbesitzer auf die Idee, bei dem noch nicht verlegten Segment des Daches Ziegel herauszunehmen. Mit einer Leiter im Dachstuhl konnte dann ein starker Halt geschaffen werden, um meinen Kollegen von dem bereits verlegten Dachsegment abzuziehen. Diese Aktion war erfolgreich. Als mein Kollege gerettet war, rauschte die teilverlegte Anlage vom Dach und riss den halben Dachstuhl mit. Geschämt habe ich mich; denn meine Bereitschaft zum Risiko war offenbar leichtfertig. Froh war ich, dass der Hausbesitzer von einer Klage absah und ich ihn damit zufrieden zu stellen vermochte, dass sein neues Dach von mir finanziert und ihm dazu die Solaranlage kostenfrei anmontiert wurde."

Ein paar Monate später erkrankte Herbert schwer am Herzen; er musste sich mehrerer Operationen unterziehen. Ob er diese überstehen und wieder gesunden würde, war lange Zeit offen. Auch Herrmann wurde als Ratgeber herangezogen, konnte ihm und seiner Familie Mut auf Genesung machen, aber therapeutisch nicht eingreifen. Trotz einiger Reha-Aufenthalte, um sich von den Eingriffen zu erholen, besserte sich der Zustand Herberts bei weitem nicht so schnell wie erwartet. Er hatte den Eindruck, dass er sich von Therapie zu Therapie schleppte, ohne dass seine Genesung spürbare Fortschritte machte. Offenbar musste er von längeren Zeiträumen ausgehen, um wieder ganz gesund zu werden; dass dies sich so lange hinzog, gefiel ihm nicht.

Aber auch Herrmann erwischte es mit einem Bandscheibenvorfall, der ihn mit starken Schmerzen lahmlegte. Für zwei Monate blieb ihm die Ausübung seiner ärztlichen Tätigkeit versagt. Seine Praxis musste für diesen Zeitraum schließen. Helga lag an seiner raschen Genesung und war dabei sehr ungeduldig. Denn sie musste sich um ihn kümmern, was vollkommen ungewohnt für sie war. Beunruhigend war für sie auch, dass sie mit Herrmanns Ausfall, ihn und sich selbst alt werden, sah: Würde er früher als üblich in den Ruhestand eintreten oder wegen Gesundheitsproblemen zum Versorgungsfall werden? Sei es nun mit dem unbeschwerten Leben vorbei, das für sie beide bisher stets reibungslos und ohne Probleme verlaufen war, seit sie sich kennengelernt und geheiratet hatten? Solche Fragen bewegten sie auch in Bezug auf sich selbst. Dass es Herbert noch schlechter ging als Herrmann, machte ihr zusätzlich zu schaffen, war doch Herberts gesundheitliche Krise weiterhin nicht gelöst. Wie konnte das sein? Er war doch immer sportlich und viel agiler als Herrmann gewesen. Jetzt schaffte er es kaum aus dem Haus für Einkäufe oder Spaziergänge und hielt sich überdies mehr in Krankenhäusern oder Reha-Kliniken als in seiner Villa auf, um wieder auf die Beine zu kommen. Jadwigas Gleichmut, mit dem sie diese Situation ertrug und ihn pflegte, bewunderte Helga zutiefst.

Ein Jahr hielt Herberts kritischer Zustand an. Herrmann machte der Rücken etwa sechs Monate schwer zu schaffen. Besucht oder getroffen hatten sich die beiden während dieses Zeitraums nicht, bisweilen allerdings telefoniert. Doch plötzlich war der Spuk vorbei. Das *normale* Leben schien wieder zurückzukehren. Eine neue Phase nach lang entbehrter Gesundheit begann, Anlass für Herbert, der das Krankenbett erleichtert verließ, angemessen im Kreis der beiden Ehepaare zu feiern. Vier Wochen vor einem großen Dinner, das dafür geplant war, lud er Helga und Herrmann auf einen Freitag im späten September auf acht Uhr Abend ein. Die beiden waren gleich in Vorfreude auf die leckeren Speisen verfallen, die Jadwigas Kochkunst wie immer erwarten ließ. Begeistert sagten sie Herberts Einladung zu und teilten mit, dass sich Helga mit einem Taxi direkt vom Büro aus zum Dinner einfinde, Herrmann hingegen mit Blumen und Wein von zuhause aus mit dem Auto eintreffe.

Zu Herbert war Herrmann nicht immer denselben Weg mit dem Auto gefahren – nicht, weil er sich im Straßennetz verirrt hätte, sondern ihm Spaß machte, die Vielfalt der Stadt für sich zu erkunden; das interessierte ihn und machte ihm Spaß. Doch nach der Pause aufgrund der Erkrankung der beiden hatte sich vieles auf den

Straßen verändert, die Herrmann bisher zu Herbert gebracht hatten: Baustellen, Einbahnstraßen, Absperrungen, Umleitungen. Unter diesen Bedingungen konnte man im Hinweis- und Schilderwald schon verloren gehen. Dass sich Herrmann aufgrund dieser sehr unübersichtlichen Verkehrsführung auf seinem Weg zum Dinner mit dem Auto verfuhr, dieses Risiko erschien Herbert recht hoch. Wo würde er landen, wenn er sich verirrte? Zudem würde er viel zu spät zum Dinner eintreffen, was äußerst bedauerlich wäre. Telefonisch gab er ihm deshalb die Empfehlung, seine, Herberts, genaue Adresse in sein Navi als Ziel seiner Fahrt einzutragen und es bei möglichen Hindernissen, die sich kurzfristig einstellen konnten, sofort umzustellen. Schließlich sei ratsam, nicht zu spät von zu Hause aus aufzubrechen, um nicht unter Druck zu geraten, sollte es zu Problemen kommen. Herrmann hielt Herberts Hinweise für übertrieben und gab ihm zu verstehen, dass er das schon schaffen werde, rechtzeitig bei ihm und Jadwiga zu sein – er sei ja kein Anfänger mehr.

„Oder hast du Zweifel, dass mir das gelingt?“, fragte er ihn, der darauf mit einem klaren „Nein“ reagierte.

„Doch, dass der Straßenverkehr kompliziert geworden ist, möchte ich dir nicht vorenthalten. Nicht, dass du das unterschätzt.“

„Keine Sorge", erwiderte Herrmann, „das wird schon nicht schiefgehen."

„Ich bin zuversichtlich", bestärkte ihn Herbert.

„Bis bald!", verabschiedete sich Herrmann und legte wie Herbert auf.

Doch ob Herbert tatsächlich keine Zweifel hege, dass er mit dem Auto pünktlich sein werde, diese Frage ließ Herrmann nicht los. War Herbert im Zuge seiner langen Krankheit zu alt geworden, um sich eine solche Autofahrt zuzutrauen, und übertrug er dies nun auf ihn, der ja auch krank gewesen war, fragte sich Herrmann. Wollte er ihm vermitteln, dass er ihn nur noch für eingeschränkt fahrtüchtig hielt? Herrmann erklärte sich diese Fragen zu solchen, über die Herbert sich offenbar einen Kopf machte, aber nicht er, und verwarf sie für seine Person als gegenstandslos. Doch wurde er an dem Tag, als das Dinner stattfand, von Helga beim Frühstück wieder daran erinnert; sie sagte:

„Wenn dir die Verkehrslage zu kompliziert wird, fährst du besser mit Bus oder Straßenbahn oder du nimmst wie ich ein Taxi. Mit einem Taxi ist der Transport von Blumen und Wein natürlich viel leichter."

„Rätst du mir davon ab, dass ich mit dem Auto fahre?", wollte er von ihr wissen, „zweifelst du nach so langer Krankheit an meinen Fahrkünsten, da die autofreie Phase recht lang war?“

„Aber nein“, erwiderte Helga, „ich meine es gut mit dir. Dass du ein kompetenter Autofahrer bist und dich im Straßenverkehr zurechtfindest, das weiß ich doch.“

Dazu sagte Herrmann nichts, doch ihre Antwort auf seine Frage beruhigte ihn. Er verbrachte einen unspektakulären Arbeitstag in seiner Praxis und freute sich auf das Dinner, als er sie am späten Nachmittag verließ. Bis acht Uhr abends hatte er mit drei Stunden noch hinreichend Zeit, um sich auf den wundervollen Abend vorzubereiten.

Wie immer, wenn er am Freitagnachmittag aus der Praxis kam, ruhte er sich eine gute halbe Stunde aus, um sich dann aktuellen Tagespflichten zu widmen. Heute war das, die Kiste Wein aus dem Keller zu holen und in den Kofferraum seines Wagens zu packen. Doch bevor er die Kellertreppe hinunterstieg, trank er eine Tasse starken Kaffee und holte das Auto aus der Garage. Im Keller stellte er eine große Kiste mit leckeren, roten und weißen Weinen zusammen und tat noch zwei Flaschen Champagner dazu. Nachdem er den Wein in seinem Wagen verstaut hatte, unternahm er noch einen kleinen Spaziergang um das Karree der Einfamilienhäuser herum, in dem auch Helga und er ihr Haus hatten und sich große und kleine Villen von mehr oder weniger großem, architektonischem Reiz befanden. Als er wieder zu Hause war, zog er sich um und legte ein elegantes, helles Jackett und eine sportlich geschnittene Hose für die Abendeinladung an. Nun hatte er noch eineinhalb Stunden Zeit bis zum Beginn des Dinners. Für Jadwiga musste er noch einen Blumenstrauß in einem Laden besorgen, der auf dem Weg lag.

Beschwingt und bestens gelaunt stieg er in sein Auto, um zu dem Blumenladen zu fahren. Das Wetter im Herbst war gut, die Sonne befand sich bereits im Untergehen, die Straßen waren voll mit den Autos derjenigen, die von der Arbeit kamen oder noch für das Wochenende Einkäufe tätigten. Das Blumengeschäft fand Herrmann nicht gleich und fuhr um einige Ecken und Kurven herum und in manche Seitenstraße vergeblich ein, um fündig zu werden, bis sich der Laden vor ihm schließlich auftat, der zu einer größeren Gärtnerei gehörte. Er hatte ihn – etwa zwei Kilometer vom eigenen Haus entfernt – in einer anderen Straße vermutet, obwohl er dort kürzlich Blumen für Helgas Geburtstag gekauft hatte. Heute hatte er den Weg dorthin endlich über ein Hinweisschild zum „Blumenhimmel" gefunden, das am Eingang einer Seitenstraße an einer Kreuzung sichtbar war. Na so etwas, sagte sich Herrmann, da bin ich wohl zu Beginn meiner Fahrt gleich falsch abgebogen.

Mit einem riesigen Strauß voller Blumen vieler Sorten und in beinahe allen Farben verließ er das Geschäft, legte den Strauß vorsichtig auf die hinteren Sitze und setzte sich ans Steuer, um auf einer wenig befahrenen Straße aus dem ganz im Westen gelegenen Vorort der Stadt in den Osten zu fahren, wo Herbert in seiner Villa wohnte. Jadwiga und die anderen, Helga und Herbert, werden sich wundern, was für einen Knaller an Blumenstrauß ich dabeihabe, sagte sich Herrmann und stellte, was er sonst nie tat, das Radio in seinem Auto an. Heitere, schwungvolle Melodien tönten aus den Lautsprechern im Fond des Wagens; er summte die ihm bekannten Tonfolgen mit und fühlte sich in seinem schicken, hellen Jackett und seiner sportlichen Hose, als gehe er heute zum Tanzen. Als er an einer roten Ampel hielt und eine junge, hübsche Frau in einem weiten, mit Blumen gemusterten Kleid über die Straße laufen sah, hätte er beinahe die Scheibe auf der Beifahrerseite heruntergekurbelt, um sie zu fragen, ob er sie ein Stück weit mit seinem Auto mitnehmen dürfe, wohin in der Stadt sie auch immer wolle.

Dabei fiel ihm ein, dass er Herberts Rat noch nicht gefolgt war, das Navi einzuschalten und seine Adresse einzutragen. Die junge Schönheit war ihm aus dem Blickfeld geraten und in einem der Reihenhäuser verschwunden, als die Ampel für Autos auf „Grün“ umsprang. Herrmann fuhr weiter und fummelte souverän, wie er zu sein glaubte, während der Fahrt an seinem Navi, um Herberts Adresse dort einzutragen. Er war gespannt, auf welcher Wegstrecke ihn das Navi zu Herbert führen werde und ob er sie nicht schon kannte. Das Radio stellte er lauter und verstärkte so sein Gefühl, zu einer Tanzveranstaltung zu fahren. Nun waren es Schlager, die er begeistert aus voller Brust mitsang. In dieser Weise euphorisiert, entging ihm, dass er nicht in östliche Richtung, sondern nach Norden fuhr und insofern vom Navi nicht zu Herbert geführt, sondern fehlgeleitet wurde. Als er sich nach zwanzig Minuten erstaunt durch eine ihm gänzlich fremde Gegend bewegte, hätte er besser angehalten, um die Route, die ihm das Navi vorgab, zu überprüfen. Doch das tat Herrmann nicht. Vielmehr hielt er sich an Herberts Rat, auf jeden Fall dem Navi, wie von ihm eingegeben, zu folgen, um sich auf der offenbar deutlich veränderten Wegstrecke – zuverlässig geführt – zurechtzufinden. Deshalb setzte er seine Fahrt fort, ließ sich vom Navi führen und blieb bei der Schlagermusik. Mittlerweile war die Dämmerung fortgeschritten; es war viertel nach sieben. Eine dreiviertel Stunde hatte er noch Zeit, um pünktlich zum Dinner einzutreffen.

Die aufkommende Dunkelheit ließ ihn die Umgebung, die er passierte, allerdings nur noch sehr schlecht erkennen. Plötzlich befiel ihn der Eindruck, dass ihn das Navi aufs Land gebracht habe und er auf diesem Weg vollkommen falsch und auf gar keinen Fall zu Herbert fahre. Wo war er hier? Wie kam er zu seinem Ziel? Da endete die Straße auf einem Parkplatz vor dem Eingang einer Schrebergartenkolonie. Straßenlaternen gab es dort nicht. Herrmann war völlig im Dunkeln und sah nichts. Hier wohnte doch Herbert nicht, stellte er für sich fest. Wie kam er, dem Navi folgend, von hier aus zu ihm? Hatte er sich dem Navi nicht mit der nötigen Aufmerksamkeit gewidmet und etwas verpasst oder falsch verstanden, was ihm empfohlen worden war? Oder hatte ihn das Navi hierhergebracht, da der Weg von diesem Parkplatz zu Herbert am kürzesten war, allerdings zu Fuß zurückgelegt werden musste, doch nicht weit weg sein konnte?

Jetzt sollte er besser Herbert fragen, sagte er sich, und griff, um ihn anzurufen, in die Westentasche nach seinem Handy. Doch das war Fehlanzeige; denn er befand sich in einem Funkloch und konnte nicht telefonieren. Dann gehe ich jetzt durch die Kolonie zum Dinner, sagte er sich, was auch immer das Navi mir mitteilt – auf den richtigen Weg wird es mich ja gebracht haben. Herrmann nahm den Blumenstrauß vom Hintersitz und packte die beiden Flaschen Champagner in einen Beutel. Er verließ den Parkplatz und trat den Weg durch die Schrebergartenkolonie an. Wahrscheinlich werde er jemanden treffen, der ihm sagen könne, ob er sich auf dem richtigen Weg befinde, davon war er fest überzeugt.

Doch da fand sich niemand, den er ansprechen konnte. Auf den Wegen, die die Schrebergärten durchquerten, fand sich kein Mensch, obwohl hin und wieder erleuchtete Datschen darauf schließen ließen. Immer tiefer ging er in die Kolonie hinein. Aber wohin er ging und wie er Herberts Villa erreichte, kam ihm gleichsam abhanden. Denn nicht nur, dass er im Dunkeln ging, er lief auch ins Leere, da er keine Ahnung hatte, wohin er sich bewegte. Als ihm das klar vor Augen stand, packte ihn Panik: Zurück zum Auto! Aber der Parkplatz? Wo war der Parkplatz? Wie kam er zum Parkplatz zurück? Da ging für Herrmann die Post ab. Weder vor noch zurück wusste er: Keine Ahnung und nichts auf dem Schirm, wo er sein Auto abgestellt hatte. Er fing an zu laufen, kam ins Rennen, bis ihm die Puste ausging. Die erleuchteten Datschen, die er etwas entfernt von sich gesehen hatte, lagen nicht auf seinem Weg. Ihm war allerdings, als gingen die Lichter stets aus, wenn er in ihre Nähe kam. Dennoch bemühte er sich, in dem Labyrinth von Abzweigen, Sackgassen, Wegen und Zäunen eine bewohnte Hütte zu finden, um dort anzuklopfen und nach dem Parkplatz zu fragen. Aber er stieß auf niemanden – es war zum Haare raufen, nur zum Verzweifeln. Würde er jetzt die Nacht unter freiem Himmel verbringen müssen, da er sein Auto nicht wiederfand und aus dem Labyrinth der Kolonie vor morgen früh nicht wieder herauskam? Da hörte er jemanden auf sich zukommen – endlich, sagte er sich, nach einer Stunde erhalte ich endlich Auskunft, wie ich hier weiterkomme. Als die Person, eine Frau, fast vor ihm stand, rief er:

„Entschuldigung, darf ich …“

Die Frau schrie auf: „Lassen Sie mich in Ruhe! Was machen Sie hier? Hilfe, ich bin in Gefahr.“

„Hören Sie auf zu schreien“, versuchte er sie zu beruhigen, „ich tue Ihnen doch nichts. Ich suche den Parkplatz, auf dem ich mein Auto abgestellt habe.“

„Auf einen Wahnsinnigen bin ich getroffen“, schrie die Frau fort, „einer, der nicht weiß, was er tut, ein Verrückter, der sein Auto verloren hat und jetzt sucht. Hilfe!“

Die Frau stieß Herrmann zur Seite und rannte davon. Er wischte sich den Schweiß von der Stirn: Er ein Wahnsinniger, ein Verrückter, der nicht wusste, was er tat? Einer, der nachts hier durch die Gärten streunte und, was auch immer anstellte, wenn er jemanden traf? Wird jetzt gleich eine Meute mit Mistgabeln, Schaufeln, Sensen und Hunden auftauchen, um ihn zu stellen und festzunehmen? Herrmann war strapaziert. Aber alles blieb still, so still, dass er Angst bekam: In welchen – einerseits lauten, andererseits lautlosen – Hexenkessel war er geraten? Er hätte darüber heulen, schreien, in Wut geraten können, dass ihm dies geschah. Sein Navi hatte ihn gleichsam aus dem Verkehr gezogen und zu diesem friedhofsgleichen Ort ans Ende der Welt gebracht. Gab es denn noch ein Zurück? Er setzte sich auf einen Stein, über den er im Dunkeln beinahe gestolpert wäre. Den Blumenstrauß für Jadwiga und die beiden Champagnerflaschen trug er mit sich herum, als sei dies ein Pfand, um zu überleben. Was sollte er damit noch machen? Um am Dinner noch teilnehmen zu können, war es zu spät. Er warf den großen Blumenstrauß über einen Zaun – der landete in einer mit Wasser gefüllten Regentonne und versank rasch darin. Mit den beiden Champagnerflaschen zog er weiter; die könnten ihm noch hilfreich sein, dachte er, als Geschenk oder als Waffe.

Nach einer weiteren halben Stunde kam er an einer Datscha vorbei, von deren Veranda ein lautstarkes Grunzen drang, als schlafe dort ein Wildtier. Die Gartentür zu der Datscha stand offen. Herrmann schlich sich heran, schaute vorsichtig um die Hausecke auf die Veranda und sah dort einen Menschen liegen, der eingewickelt in einen Schlafsack auf der Veranda schlief. Sollte er den Kerl wecken? Der könnte ihm helfen, den Parkplatz wiederzufinden; denn in den Schrebergärten sollte der sich doch auskennen, dachte er sich. Er ging um das Geländer der Veranda herum, übersah allerdings eine Stufe, als er auf den schlafenden Schnarcher zuging. Mit viel Lärm stürzte er, fiel auf die Bretter der Veranda und weckte den schlafenden Menschen auf. Er fluchte laut und verursachte in der Stille, die unheimlich über den Schrebergärten lag, mit seinem Sturz eine kurze, geräuschvolle Unruhe, hatte sich aber zum Glück nicht verletzt.

„Was ist mit dir?“, fragte derjenige, den er geweckt hatte, offenbar ein Obdachloser, verärgert, „warum störst du mich?“

„Tut mir leid. Ich bin gestolpert“, gab Herrmann zur Antwort, „Ihr Schnarchen hat mich beunruhigt. Da wollte ich nachsehen und habe in der Dunkelheit die Stufe vor der Veranda nicht bemerkt.“

„… war den ganzen Tag auf Achse, habe endlich hier ein Plätzchen gefunden. Dann kommst du …“

„Ich habe eine Frage an Sie …“

„… auch das noch. Eine Frage an mich – ich glaube es nicht“, schwadronierte er, „egal, ich bin der Heinzi: Schieß los!“

„Ich finde mein Auto nicht mehr, das auf dem Parkplatz steht. Wissen Sie, wo der Parkplatz ist?“

„Du suchst was – dein Auto? Bist du noch ganz bei Trost“‘, erwiderte er, „Alter, seit wann bist du denn heute schon unterwegs? Oder haste deine Ration schon gekippt?“

„Mein Auto habe ich auf dem Parkplatz abgestellt, weil ich mich verfahren hatte. Dann habe ich mich entschieden, durch die Schrebergärten zu laufen, und irre nun durch das Labyrinth hier. Gut eineinhalb Stunden ist das jetzt her.“

„Schon mal was von nem Navi gehört, Alter?“

„Auf mein Navi habe ich mich verlassen. Leider Fehlanzeige – es hat mich in die Irre geführt.“

Herrmann hielt sich an dem Geländer der Veranda fest; sein linker Fuß, den er sich leicht verstaucht hatte, schmerzte ein wenig. Auch war die Eleganz seiner Abendgarderobe hinüber: Die

Hose hatte Grasflecken, das Jackett war zerknittert und sah recht mitgenommen aus. Herbert und Helga werden sich fragen, wo er denn bleibe, ging ihm durch den Kopf, wenn sie nicht schon damit gerechnet hatten, dass er die Fahrt zum Dinner nicht schaffe. Das hatten sie ihm nicht zugetraut, wurde ihm plötzlich klar. Ihr fehlendes Vertrauen wollten sie ihm mit ihren gut gemeinten Hinweisen *altersgerecht* in schonender Weise vermitteln, diese scheinheiligen Gutmenschen, die nun schon längst mit dem Dinner begonnen hatten und sich – einig über seine Unfähigkeit – alle dasselbe dachten, weshalb sie ihn heute Abend nicht sehen würden. Im Unterschied zu dieser unfasslichen Infamie, die er für Helga und Herbert fest annahm, war Heinzi geradezu hilfsbereit, offen und selbstlos, stellte Herrmann so enttäuscht wie wütend über Herbert und Helga fest.

„Was hast du in dem Beutel?“, fragte Heinzi, „was zu saufen? Das wäre mir jetzt sehr recht.“

„Eine Flasche Champagner und du bringst mich zum Auto?“, schlug Herrmann vor, „das ist üppig. Der Schampus ist absolut spitze – kein Rotkäppchen-Sekt!“

Er zog eine Flasche aus dem Beutel heraus und streckte sie Heinzi entgegen.

„Ey, Alter, was hast du da?", gab Heinzi von sich, der nun auf beiden Beinen stand, „wenn du noch einen Fuffi drauflegst, finde ich den Parkplatz, auf dem deine Karre steht, mit Sicherheit doppelt so schnell."

„Eine Flasche Schampus und 40 Euro drauf – zum Ersten, zum Zweiten und zum Dritten", zählte Herrmann, „und wir sind quitt."

„Ist in Ordnung", entgegnete Heinzi, „netto, nicht brutto und zusätzlich Mehrwertsteuer. So preiswert bekommst du dein Auto von niemandem wieder zurück. Ich bin fertig mit Anziehen und abmarschbereit. Du auch?"

Sie brachen in die Dunkelheit auf und irrten durch die Kolonie. Heinzi gab sich hoch professionell. Doch nach einer dreiviertel Stunde war noch immer nichts von einem Parkplatz und erst recht nicht von Herrmanns Auto zu sehen. Trieb Heinzi sein Spiel mit ihm?

„Was hast du denn mit dem Parkplatz gemacht, Alter, der ist weg", warf Heinzi Herrmann vor, „vorhin war der Parkplatz noch da."

„Was soll ich mit dem Parkplatz gemacht haben?", entgegnete Herrmann entrüstet, „du wirst nicht wissen, wo er sich befindet. Ich lasse doch keine Parkplätze verschwinden."

„Ey Alter, jetzt pass mal auf! Vorhin war der Parkplatz noch da, wo wir jetzt stehen. Jetzt ist er weg. Das geht hier doch nicht mit rechten Dingen zu. Mit dem Parkplatz hast du doch was gemacht. Gib ma nen Schluck von dem Schampus, Alter. Dann bin ich wieder klar!“

„Was soll denn das“, fragte Herrmann empört, „du machst mir hier doch was vor?“

Heinzi ging mit drohender Geste auf ihn zu. Herrmann bekam es erneut mit der Angst.

„Alter, wenn du eine aufs Maul haben willst, dann sag Bescheid“, brüllte Heinzi, „gib den Schampus her oder du hast nen Problem. Wenn ich dir aus der Lamenge helfen soll, dann habe ich auch nen Tropfen verdient. Verstanden?“, schrie Heinzi ihn an.

Mit dem komme ich hier nicht weiter, sagte sich Herrmann, der nimmt mich nur aus, der hat keine Ahnung, wo der Parkplatz ist – so komme ich hier nicht raus.

Er machte eine der beiden Flaschen Champagner auf und gab sie Heinzi, der sich reichlich daran bediente und den perlenden Wein genoss.

„Na endlich, haste kapiert“, brummte er und setzte sich auf einen Baumstumpf, „ich mach mal ne Pause. Wir haben ja Zeit“, und süffelte weiter, „was brauchste denn überhaupt einen Wagen?

Geht doch auch ohne. Was willste von mir überhaupt?"

„Ich muss mal pinkeln. Bin gleich wieder da", warf Herrmann ein und verschwand rasch in der Dunkelheit. Das war für ihn die Gelegenheit, Heinzi sitzen zu lassen. Das in Aussicht gestellte Geld und die zweite Champagnerflasche gab er ihm nicht. Nach gut fünf Minuten hörte er Heinzi ihm hinterherbrüllen, wo er denn bleibe. Immerhin schulde er ihm, wie versprochen, noch Geld und die zweite Champagnerflasche. Ihn zu wecken, gegen Geld um Hilfe zu bitten und sich dann zu verpissen, das sei so was von unfair und eine krasse, menschliche Schweinerei, warf er Herrmann vor. Wenn er richtig hörte, verfolgte ihn Heinzi sogar. Was würde passieren, wenn er wieder mit ihm zusammenstieß? Er setzte sich auf eine Bank vor einer beleuchteten Datscha und wartete dort, bis er sein wildes Geschrei nicht mehr vernahm. Nach etwa zehn Minuten stellte er mit Erleichterung fest, dass Heinzi endlich Ruhe gegeben hatte und auch nicht mehr hinter ihm herlief.

Nun war alles wieder mucksmäuschenstill um ihn herum, aber kein Weg in Sicht, der ihn zu seinem Wagen brachte und schließlich zu Herbert. Bald drei Stunden irrte er jetzt durch die Kolonie, ohne dass er eine Chance sah, dieser misslichen Situation zu entkommen. Würde er als nächstes in eine Datscha einbrechen, die unbeleuchtet und allem Anschein nach unbewohnt war, um sich dort ein Nachtquartier zu besorgen? Wäre er nach so kurzer Zeit ein Krimineller geworden, weil sein Navi, wie er glaubte, ihn in die Irre geführt hatte und er sein Auto vermisste? So schnell auf die schiefe Bahn zu geraten, da er von der Technik ausgespielt worden war, das hätte er nicht für möglich gehalten. Doch offenbar stand er kurz davor, von seinen Irrwegen nun auf Abwege zu geraten und nicht mehr der anständige, freundliche, pflichtbewusste Herrmann zu sein, der er doch immer war.

Er stand auf und verließ die Bank, auf der er Platz genommen hatte, und versuchte, die schlimmen Gedanken abzuschütteln, die ihn mehr und mehr quälten. Den Weg, von dem er vermutete, dass er ihn zum Parkplatz führte, setzte er fort. Hätte er an der Tür der Datscha, vor der er saß, anklopfen sollen, um die Bewohner, sollten sie da gewesen sein, nach dem richtigen Weg zu befragen? Doch die würden ihn womöglich aus Angst vor einem Überfall niederschlagen oder sogar erschießen – das hätte gefährlich werden können. Oder sie hätten ihn sich geschnappt und ausgeraubt – dann wäre er in eine Falle getappt. Er war froh, die Datscha hinter sich gelassen zu haben. Je mehr Gedanken er sich machte, um so gefährlicher stellte sich die Situation für ihn dar. Jetzt durfte er auf keinen Fall Heinzi begegnen; denn dann sei es mit ihm vorbei. Das veranlasste Herrmann, alles daran zu setzen, sein Schritttempo zu erhöhen. In der nächtlichen Schrebergartenkolonie war er in eine Welt geraten, die ihm wie eine Wildnis voller Gefahren erschien. Dort konnte er mit dem ihm vertrauten Verhalten nicht überleben, das er in seiner Praxis wie auch im Vorort pflegte.

Auf dem Weg, der sich hinzog, erlebte Herrmann einen weiteren Schock, der ihn an sich zweifeln ließ, wie bisher noch nie. Seinem Ziel glaubte er bereits nahe zu sein; denn er meinte, nicht weit entfernt ein Auto zu hören. Das beruhigte ihn, obwohl er unsicher war, ob es tatsächlich zutraf. Doch als er in die Stille der Schrebergärten Gelächter hineinplatzen hörte, jedenfalls meinte er das, fühlte er sich bestätigt. Offenbar habe ich es geschafft, sagte er sich, als er auch Stimmen vernahm, ich bin wieder unter Menschen, daran bestand kein Zweifel für ihn, obwohl er sich nicht in die Backen kniff. Aber Moment mal, er hielt an, die Stimmen, die ihm entgegenkamen, kannte er doch. Er glaubte, Helgas Stimme wie auch die von Herbert und Jadwiga zu hören. Ja, ganz bestimmt – das waren sie. Was machten die denn hier? Waren die auf der Suche nach ihm, da sie ihn, so nun seine Vermutung, mit einer falschen Eingabe für sein Navi hierher in die Schrebergärten gebracht hatten? Was tat sich da plötzlich auf: Das Navi hatte ihn nicht in die Irre geführt, er hatte die Eingabe in das Navi gemacht, wie es ihm Herbert gesagt hatte, übersehen oder verpasst hatte er nichts – nein, ihm war ein Streich gespielt worden, um ihn heute Abend los zu sein!

Die Stimmen, die ihm bekannt vorkamen, waren plötzlich wieder verschwunden. Eine Tür glaubte Herrmann schlagen zu hören; er näherte sich einer Datscha, in der das Licht anging und flotte Musik zu vernehmen war. Herrmann betrat das Anwesen und schlich um das Häuschen herum. Das sind doch die Drei, stellte er fest, als er von der Veranda aus Helga, Jadwiga und Herbert im Wohnraum vergnügt bei einem Glas Bier sitzen sah; sie lachten ausgelassen und schienen sich angeregt zu unterhalten. Herrmann glaubte, nun endlich verstanden zu haben, warum er im Abseits der Schrebergärten gelandet war. Ja, Herbert hatte ihm einen Streich gespielt, als er ihn anwies, seine Adresse in das Navi einzugeben; er habe ihn zwar zum Dinner eingeladen, ihn aber tatsächlich nicht dabeihaben wollen und ihm deshalb eine falsche Adresse gegeben. Anders, so seine Überzeugung, könne es gar nicht sein.

Schnappatmung, rasender Puls und große Wut befielen ihn. Er nahm einen Spaten in die Hand, den er im Garten fand, schlug die Fensterscheiben der Datscha ein und brach die Tür der Veranda auf, um in den Wohnraum einzudringen; dort zerschlug er Gläser, Geschirr, Lampen und Mobiliar. Sein Zorn ließ vermuten, dass er sich in einem Rausch befand und den Verstand verloren hatte. Anders ließ sich die Zerstörung, die er verursachte, nicht erklären. Doch niemanden gab es, der sich Herrmann entgegenstellte, niemanden, der ihn aufhielt. Herrmann hörte auch niemanden, der vor Schreck lauthals schrie. Waren Helga, Jadwiga und Herbert überhaupt in der Datscha? Oder war das alles nur Einbildung, die ihn aufgrund der Vermutung, belogen und betrogen worden zu sein, in furchtbare Wut versetzte? Offenbar war er kurz davor, sämtliche Nerven zu verlieren und vollständig durchzudrehen. Dem Wahnsinn war er nahe, fluchtartig verließ er die Datscha und begab sich wieder auf den Weg, auf dem er das Auto und die Stimmen von Herbert, Helga und Jadwiga vernommen und identifiziert hatte.

Der verzweifelt gesuchte Parkplatz schien ganz in der Nähe zu sein; darauf ließen die Stimmen von Helga, Jadwiga und Herbert schließen, die er erkannt hatte. Während seine Untat, die er an der Datscha verübt hatte, in den Hintergrund seines Bewusstseins rückte, beschäftigten ihn die Drei, die er beim Bier im Wohnraum der Datscha sitzen sah: Hatte sein bester Freund ein böses Spiel mit ihm getrieben? War er vorsätzlich in die Hölle des Labyrinths der Schrebergärten geschickt worden, damit sich die Drei - von ihm nicht gestört - munter miteinander vergnügen konnten? Wie sollte er den Dreien nach seinem Wutausbruch, der ihn zu der starken Beschädigung von Herberts Datscha verleitet hatte, wieder begegnen? Das sei doch vollkommen unmöglich, ohne ihnen erneut zu zürnen und möglicherweise sogar etwas antun? Oder waren sie schon dabei, die Polizei zu holen, um ihn verhaften zu lassen oder in die psychiatrische Klinik der Stadt zu bringen?

Da öffnete sich der Weg zum Parkplatz hin; er sah sein Auto, wie er es vor circa vier Stunden dort abgestellt hatte, und fasste es an Kühler und Heckscheibe: Er war tatsächlich am Ziel. Die Verwirrung, die ihn bis dahin geplagt hatte, schwand. Nachdem er die Tür auf der linken Seite des Wagens geöffnet hatte, setzte sich Herrmann auf den Fahrersitz und schlief, über das Lenkrad gelehnt, vor Erschöpfung ein. Nach einer Stunde erwachte er wieder, fuhr mit Hilfe des Navis, in das er seine Adresse eingab, ohne Probleme nach Hause und schloss sich in seinem Arbeitszimmer ein. Helga war entweder noch bei Herbert oder von dort auf dem Weg zurück. Herrmann wartete nicht auf sie, sondern legte sich auf die Couch in seinem Arbeitszimmer und setzte seinen Erschöpfungsschlaf fort.

Am Vormittag des nächsten Tages rief Herbert ihn an. Da war Helga bereits im Büro, die ihm offenbar nicht begegnen wollte.

„Frage mich nicht, wo ich gestern Abend war!“, rief Herrmann aufgeregt in den Hörer, „das werde ich dir nicht sagen.“

„Das brauchst du mir nicht zu sagen – ich weiß es“, war Herberts Antwort.

„Wie bitte?“, fragte Herrmann äußerst beunruhigt, „was weißt du denn?“

„Gestern Nacht hast du meine Datscha mit einem Spaten beschädigt. Oder irre ich mich?“

„Woher willst du wissen, dass gerade ich das gewesen bin?“

„Haben wir uns dort nicht gesehen?“, fragte Herbert hintergründig, „ich jedenfalls habe gesehen, wie du die Fensterscheiben und alles Geschirr, Gläser und Lampen im Wohnraum der Datscha mit einem Spaten zerschlagen hast.“

„Warum soll ich deine Datscha beschädigt haben?“, entgegnete Herrmann empört, „warum sollte ich das getan haben? Was unterstellst du mir? Wenn du damit nicht aufhörst, breche ich unser Telefongespräch ab und lege auf."

„Was war gestern Abend los, Herrmann? Du bist nicht zum Dinner gekommen – warum?", er versuchte das Telefonat zu versachlichen, „in meinem Schrebergarten habe ich dich dann später am Abend gesehen."

„Was hast du denn in deinem Schrebergarten gemacht? Willst du dich dort versteckt und mich beobachtet haben, wie ich deine Datsche beschädigt habe? Das glaubst du doch selbst nicht. Du warst doch zuhause bei deinem Dinner."

„Es war dunkel genug. Ich musste mich nicht verstecken. Gesucht habe ich dich."

„Ach so? Woher wusstest du denn, dass ich in der Schrebergartenkolonie war, ich mich dorthin verirrt habe und deshalb nicht zu deinem Dinner gekommen bin? Was hast du mir mit deinem Eingabehinweis für mein Navi bescheren wollen? Hast du mir da einen Streich gespielt, dessen Auswirkungen und Folgen dir gar nicht bewusst waren?"

„Was hast du denn in dein Navi eingegeben?", wollte Herbert wissen.

Herrmann nannte Herberts Adresse, wie er sie ihm genannt hatte.

„Hast du den Namen der Straße mit doppeltem ‚f‘ und einfachem ‚r‘ eingegeben?“, fragte Herbert nach.

„Das habe ich richtiggemacht“, bestätigte Herrmann, „mit Sicherheit.“

„Das hast du nicht“, widersprach Herbert, „sonst wärst du nicht in den Schrebergärten gelandet. Gib mal die Straße mit einfachem ‚f‘ und doppeltem ‚r‘ in dein Navi ein und sage mir dann, wohin dich die Eingabe bringt“, äußerte er mit etwas Spott.

Herrmann hängte ein und probierte es aus, indem er die Straße mit einfachem ‚f‘ und doppeltem ‚r‘ in sein Navi eingab. Mit großem Erstaunen stellte er fest, dass die Straße, die ihm angezeigt wurde, ganz in der Nähe der Schrebergärten war, in denen er sich verirrt hatte. Aber Herberts Adresse war das nicht; er rief ihn wieder an.

„Ich habe es ausprobiert. Offenbar habe ich deine Adresse doch falsch in mein Navi eingetragen“, sagte er kleinlaut, „ich dachte, dass du mir einen Streich spielen wolltest und mir mit Absicht eine falsche Adresse gegeben hast. Aber so war es nicht, und das hätte ich ja auch merken müssen. Das war mein Fehler – meine Eingabe ins Navi war orthografisch verkehrt. Dass mir so etwas passiert mit allem, was daraus folgte – ich fasse es nicht!"

„So habe ich mir das gedacht. Wegen des Buchstabenfehlers, von dem ich ausging, hatte ich vermutet, dass du in die Schrebergärten geraten bist und dich dort im Dunkeln nicht mehr zurechtgefunden hast. Als du spät am Abend noch immer nicht da warst, habe ich mich mit Helga und Jadwiga auf den Weg gemacht und bin mit den beiden zu meiner Datscha gefahren."

Er machte eine Pause und holte tief Luft, um in aller Ruhe zu erzählen, was dann geschah.

„Deine Frau Helga wusste von meiner Datscha nicht; ihr habe ich das Häuschen gezeigt. Was dann passierte, konnte ich nicht fassen. Dich sah und hörte ich, mit voller Wucht die Fenster der Datscha mit einem Spaten einschlagen, dann die Verandatür aufbrechen und schließlich Gläser, Geschirr, Lampen und Möbel in Stücke hauen als es sei ein Polterabend. Wir haben Angst bekommen, dass du uns etwas antust und sind so schnell wie möglich davongerannt. Herrmann, ich frage dich wieder: Was war mit dir los?"

Doch der war fassungslos und heftig von Herberts Worten überrascht. Herrmann schwieg.

„Herrmann", rief er in den Hörer, „bist du noch am Apparat?"

„Ja, das bin ich", war seine Antwort, „darf ich dir einen Vorschlag machen?"

„Ich höre", sagte Herbert.

„Am nächsten Sonntag treffen wir uns bei dir zum Kaffee – nur wir beide. Da werde ich dir erklären können, was mit mir geschah. Doch schon jetzt will ich dir sagen, dass ich diesen Vorfall außerordentlich bedaure und mich hiermit bei dir für meine Untat vielmals entschuldigen möchte. Selbstverständlich komme ich für alle Schäden, die ich an und in deiner Datscha verursacht habe, in vollem Umfang auf."

„Ist in Ordnung", sagte Herbert, „das machen wir so. Wir sehen uns kommenden Sonntag."

Das Telefonat war beendet.

Herrmann musste nicht nur mit Herbert sprechen. Auch Helga, so seine Vermutung, würde gern mehr über den Vorfall in Herberts Schrebergarten erfahren, sobald sie sich wieder gefasst hatte und ihm nicht mehr aus dem Weg ging. Bisher hatte sie sich im Büro gleichsam versteckt und zwei Dienstreisen vorgeschoben, um nicht zu Hause übernachten zu müssen. Sein Wutausbruch hatte Angst bei ihr geweckt. Doch nach fünf Tagen sprach sie ihn in einem guten Restaurant bei einem Abendessen an:

„Du warst nicht bei dem Dinner von Herbert und Jadwiga. Warum hast du in unserem Kreis gefehlt? Was ist in der Schrebergartenkolonie mit dir passiert, dass du so getobt hast und total neben der Spur warst?"

Herrmann antwortete Helga nicht und schwieg.

„Sag mir, was los war, Schatz, sei kein Hasenfuß, sondern ein Mann, der weiß, was ihm geschah und was er getan hat, auch wenn es dir schwer fällt …"

„… sei nicht so arrogant!", unterbrach er sie, „du weißt doch, was passiert ist. Warum zwingst du mich zu einem Geständnis?"

„Ich möchte von dir wissen, was da passiert ist, Herrmann", antwortete sie streng, „verstehst du das etwa nicht? Immerhin hast du wie ein Wilder auf eine Datscha eingeschlagen. Was war das? Wie konnte das passieren? Mir fehlen noch immer die Worte."

„Entgegen aller Erwartungen habe ich mich mit meinem Navi verirrt", sagte er genervt, „warum das passiert ist, war mir ein Rätsel, bis Herbert mir vor ein paar Tagen erklärte, dass ich seine Adresse falsch in mein Navi eingab."

„Hast du deine Irrfahrt tatsächlich erst bemerkt, als du in der Kolonie gelandet bist? Du musst doch schon vorher gemerkt haben, dass der Weg, den du gefahren bist, falsch war."

„Grund an meinem Navi zu zweifeln hatte ich nicht. Herbert hatte mich regelrecht angewiesen, dem Eintrag im Navi zu folgen, den er mir mitgeteilt hatte …"

„… erfolgreich war das nicht – im Gegenteil! Du bist nicht zum Dinner gekommen, sondern hast stattdessen den Wohnraum von Herberts Datscha zerstört und deren Fenster zerschlagen. Was war das?"

„Stundenlang irrte ich durch die stockfinstere Gartenkolonie, suchte in diesem Labyrinth den Parkplatz, auf dem mein Auto stand, da ich vergessen hatte, wo sich der Parkplatz befand – nichts tat sich auf. Da bin ich durchgedreht und habe mich vergessen."

„Du machst es dir zu einfach", warf ihm Helga vor, „aber möglicherweise wirst du ausführlicher, wenn ich dir androhe, einen Krankenwagen zu holen, der dich in die psychiatrische Klinik bringt. Willst du das?"

„Dieser Gang durch die nachtdunklen Schrebergärten, ohne jemanden zu treffen, der mir den Weg zum Parkplatz erklärte, diesen selbst zu finden, war ich nicht in der Lage", setzte Herrmann fort, „das hat mich wahnsinnig gemacht. Als ich euch dann in der Nähe von

Herberts Datscha lachen hörte, hat mich die Wut gepackt. Denn ich vermutete, dass Herbert mir einen Streich gespielt hatte, und glaubte zu sehen, dass ihr nun euren Spaß daran hattet, da ich dem Navi vertraute, das mich in diesen Albtraum geführt hatte, der kein Ende für mich nahm. Ist es so schwer zu verstehen, dass einen so was zum Wahnsinn bringt?"

Dazu sagte Helga nichts, holte aber auch keinen Krankenwagen, um die Einlieferung in die psychiatrische Klinik für ihn zu veranlassen.

„Ich bin bei Verstand", betonte Herrmann, um sie zu beruhigen, „ich komme für den verursachten Schaden auf. Darüber spreche ich als nächstes mit Herbert."

… und so kam es auch. Als Herrmann dann, wie verabredet, sonntags bei Herbert am Kaffeetisch saß, teilte er ihm folgendes mit:

„Ich habe beinahe vier Stunden in diesen Schrebergärten verbracht – eine Extremsituation. Auf eine Frau stieß ich, die um Hilfe schrie, als ich sie ansprach, und auf einen Obdachlosen, der versprach, mich gegen Honorar zum Parkplatz zu bringen – doch daraus wurde nichts. Der hatte keine Ahnung und wusste nicht, wo sich der Parkplatz befand. Keine weiteren Personen traf ich dort, als ich die engen, verschlungenen Wege der Kolonie entlangging. Die Dunkelheit machte mir Angst, die Verzweiflung darüber, dass ich mich verlief und immer weiter verirrte, zerrte an meinen Nerven. Immer fiel ich auf Lampen und Leuchten der Datschen herein, die mich annehmen ließen, dass sie bewohnt waren. In diesen erleuchteten Häuschen hoffte ich, jemanden zu finden, der mir helfen könnte, mir den Weg zeigte oder mich sogar mich aus dem Labyrinth herausführte – aber nein! Wahrscheinlich bin ich stundenlang nur im Kreis herumgelaufen. Handykontakt mit der Welt, die außerhalb der Kolonie lag, war nicht möglich; ich befand mich in einem Labyrinth, das auch ein Funkloch war. Jetzt sage mir, was ich hätte machen sollen", fragte Herrmann, von seinem Los in der Schrebergartenkolonie sichtbar wieder erregt.

„Dass dich unter diesen Umständen Herzklopfen und Schnappatmung gepackt hat, kann ich gut nachvollziehen. Aber meine Datscha …?"

„Von Ferne hörte ich ein Auto, konnte aber nicht glauben, dass der Parkplatz nun nahe sei", fuhr Herrmann fort, „nach einer guten Viertelstunde hörte ich Lachen; das hielt ich für euer Lachen, was in der dunklen Einsamkeit gut zu vernehmen war. Dann sah ich in einer Datscha die Lichter angehen; das musste deine sein, wenn ich zuvor dein Lachen und das von Helga und

Jadwiga gehört hatte. Wie im Wahn eilte ich zu deinem Häuschen und sah euch dort bei einem Bier vergnügt beieinandersitzen, während ich auf der Veranda draußen vor verschlossenen Türen stand.“

„War das für dich Grund“, setzte Herbert leise an, „mit einem Spaten auf meine Datscha einzuschlagen?“

„In meiner Verzweiflung über den Irrgang durch die Schrebergärten fühlte ich mich von euch belogen und im Stich gelassen“, war Herrmanns Antwort, „so wurde mein Zorn geweckt, der zu meiner Untat führte.“

„Du hast meine Datscha schwer beschädigt, weil du nicht gemeinsam mit uns im Wohnraum der Datscha saßest, sondern dich ausgeschlossen fühltest?“

„Vielleicht hilft folgende Erklärung“, erwiderte Herrmann, „Du und unabhängig von dir auch Helga hatten offenbar Zweifel, ob ich mit dem Auto problemlos deiner Einladung zu dem Dinner folgen könne und rechtzeitig eintreffen würde. Besser und sicherer sei eventuell, einen Bus oder eine Straßenbahn zu nehmen, sagte mir Helga. Wie du mir empfohlen hattest, sollte ich auf alle Fälle das Navi mit der von dir mitgeteilten Adresse nutzen, da ich anders große Risiken eingehen würde, die falsche Route zu fahren.

Vertrauen in meine Kompetenz, mit meinem Auto richtig umzugehen, konnte ich diesen Hinweisen nicht entnehmen. Nicht zuletzt habe ich mich deshalb entschlossen, mit dem Auto zum Dinner bei dir zu fahren. Das war für mich der Beweis, dass ich trotz langer Krankheit und fortgeschrittenen Alters dazu in der Lage war. Dass es mir darum ging, war euch wahrscheinlich nicht klar.

Doch es ging schief, wie ihr es mir - unabhängig voneinander – mit euren Hinweisen prognostiziert habt. Eure Zweifel haben mein Scheitern anscheinend provoziert. Voller Verzweiflung irrte ich stundenlang durch das Dunkel der Nacht, da ich mich in den Schrebergärten verlor, keine Orientierung mehr hatte, niemanden traf und völlig allein mit einer Situation zurechtkommen musste, auf die ich überhaupt nicht vorbereitet war. Da hörte ich euch plötzlich lachen, selbstverständlich mich auslachen, der ich außer Zweifeln an meinem Verstand nichts anderes oder gar Besseres verdiente. Euer Lachen konnte ich nicht anders verstehen. Als ich euch in deiner Datscha vergnügt und immer noch lachend beim Bier sitzen sah, glaubte ich plötzlich zu verstehen, warum ich in diesem Abseits der Schrebergärten gelandet war: Mit Angabe einer falschen Adresse hattest du mir offenbar einen Streich gespielt, der mich dorthin brachte und bewies, dass deine

Zweifel an meinen Fahrkünsten berechtigt waren. Nach meinem Eindruck kam noch hinzu, dass du mich bei deinem Dinner gar nicht dabeihaben wolltest und mich auf diese schäbige Art und Weise davon fernhieltest. Diese Annahmen und Vermutungen haben mich in Raserei und Wut versetzt. Was dann geschah, das weißt du."

Herrmanns Erklärung hatte die beiden sehr bewegt. Sie schwiegen ein paar Minuten und sahen sich wortlos an. Dann standen sie auf, umarmten sich und brachen in Tränen aus, während sie sich aneinander festhielten.

„Was für einen Tag, welche Nacht, hast du, habe ich verbracht", stellte Herbert mit leiser Stimme fest.

„Wie konnte ich mich so vergessen und deine Datscha bis zur Unbewohnbarkeit beschädigen. Du wirst mich anzeigen, Entschädigung von mir fordern und mich eventuell sogar in das psychiatrische Krankenhaus bringen lassen", flüsterte Herrmann, „ich kann nur zugeben, dass du vollkommen recht hast."

„Nein", erklärte Herbert entschieden, „das wird nicht geschehen. Meine Datscha richten wir gemeinsam wieder her und bauen eine zweite dazu, in der du und Helga wohnen werden. Dann ist der Vorfall bald vergessen und wir schnappatmen deshalb nicht mehr."

EPILOG

Wird Herrmann nun mit weniger Technik weiterleben oder sich mit zusätzlicher Technik ausstatten, um nicht verloren zu gehen? Will er die Einsichtsfähigkeit der von ihm genutzten Technik steigern oder sich ihr gegenüber emanzipieren? Allem Anschein nach bietet Technik eine besondere Art von Partnerschaft, die unterstützen, aber auch enttäuschen kann. In welche Richtung sich Akzeptanz und Verständnis von Technik auch immer entwickeln, alle, die in Gesellschaften leben, die als zivilisiert gelten, sind und bleiben weiter von Technik abhängig und werden künftig sogar noch stärker von Technik abhängig sein. Was in der Schrebergartenkolonie passiert ist, macht deutlich, wie weit sich jemand verirren und dabei verlieren kann, wenn Technik ihm plötzlich nicht mehr wie üblich verfügbar ist. Dabei befindet sich Herrmann gar nicht am Ende der Welt, sondern an einem Ort, an dem Technik einen anderen Stellenwert hat als bei sich zu Hause. Was die damit verbundene Krise in ihm weckt und auslöst, dafür Verständnis zu haben oder zu entwickeln, fällt in der Tat schwer. Möglicherweise gründet dergleichen mehr auf der besonderen Art von enttäuschter Partnerschaft, die Technik bieten kann, als auf der schlichten

Funktionalität, die sie ausmacht. Besser als Technik können uns Menschen Partnerschaft schenken, allerdings auch enttäuschen. Mit Technik allein können wir aber weder Schnappatmung noch Einsamkeit noch Verzweiflung ertragen – auch nicht mit *KI*.